Inès

Inès

Scénario
Loïc Dauvillier

Dessin
Jérôme d'Aviau

DRUGSTORE

Tendrement pour Céline et Laurène...

Je tiens à remercier chaleureusement Nathalie, Cédric & Alain.
Sans vous, cet ouvrage n'existerait pas.

Loïc

Pour ma mère.

Jérôme

31-33, rue Ernest Renan / 92130 Issy-les-Moulineaux
Dépôt légal : Mars 2009
I.S.B.N. : 978-2-35626-097-0
Achevé d'imprimer en février 2009 par Pollina (France),
sur papier provenant de forêts gérées de manière durable.

Jeudi 07 Septembre, 21H30

BAISSE LE SON, S'IL TE PLAÎT !
OUIIIII'N MAMAAAAN !!
C'EST PAS POSSIBLE ! TOUS LES SOIRS CETTE GAMINE HURLE. ON PEUT PAS RESTER COMME ÇA !
QU'EST-CE QUE TU VEUX QU'ON FASSE ?
MAMAAAAN ! MAAAAMAAAAAN !!
JE NE SAIS PAS, MAIS JE VAIS VOIR !
ATTEND !

DRRIIING!
OUIIIIN
MAMAAAAAN!!
OUUIIIN!
MAAAMAAAN
MAMAAAN
TIENS? BONSOIR!
BONSOIR.
EXCUSEZ-MOI DE VOUS DÉRANGER, MAIS ÇA FAIT PLUSIEURS SOIRS QU'ON ENTEND LA PETITE PLEURER, ALORS ON SE DEMANDAIT SI TOUT ALLAIT BIEN.
MAMAAAAAN!
OUI, JE SAIS, JE SUIS DÉSOLÉ. ELLE FAIT DES COMÉDIES POUR DORMIR. SI ON COMMENCE À MARCHER DANS SON JEU, JE CROIS QU'ON A PAS FINI!
OUUIIIN!!
AH! JE COMPRENDS, ET JE PRÉFÈRE ÇA.
DÉSOLÉE DE VOUS AVOIR DÉRANGÉ.

NON, VOUS INQUIÉTEZ PAS, C'EST PLUTÔT À NOUS DE NOUS EXCUSER.
BON, BEN BONNE SOIRÉE.
BONNE SOIRÉE, DÉSOLÉ !
OUIIIN ! MAMAAA
CLAC !
OUIIIN MAMAAAN !
AH JE TE JURE ! TOI ET TES IDÉES !
OUIIIN MAMAAAAN !
C'EST CON, MAIS JE PRÉFÈRE ALLER VOIR, ON NE SAIT JAMAIS.
ÇA TE DONNE BONNE CONSCIENCE ?
PFF, T'ES LOURD.
HAHAHA !

OUiiiiN
MAMAN!
CLìC
OH!
ÇA SUFFiT, MAìNTENANT.
TU TE COUCHES, JE VEUX PLUS T'ENTENDRE!
CLìC

BOUM
BOUM
BOUM
SI TU VEUX PASSER TA NUIT LÀ-DEDANS, C'EST TON PROBLÈME, MAIS J'AI ENVIE DE PISSER !
ALLEZ, MERDE !
OUVRE !!!

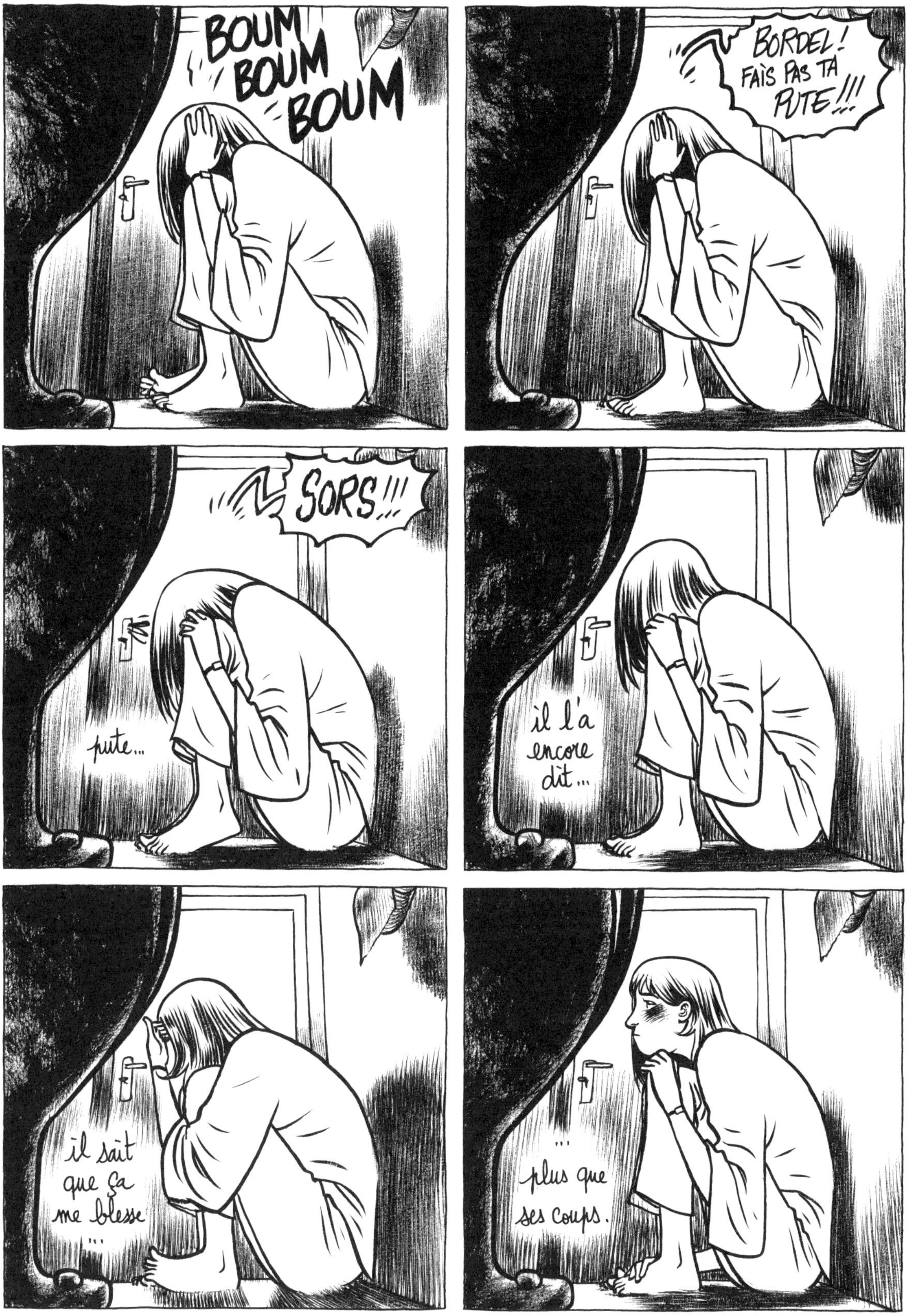
BOUM
BOUM
BOUM
BORDEL! FAIS PAS TA PUTE!!!
SORS!!!
pute...
il l'a encore dit...
il sait que ça me blesse ...
... plus que ses coups.

... beaucoup plus.
qu'est-ce qu'il fout ?
je n'aime pas ce silence.
ça n'annonce jamais rien de bon.
merde !
où il est ?
CLAC

SALON
COULOIR
W.C.
SALLE D'EA
REGARDE DANS QUEL ÉTAT TU TE METS !
TU COMPRENDS PAS QUE C'EST DE TA FAUTE SI JE SUIS COMME ÇA ?!

BOUM
DIS-TOI BIEN QUE SI TU ME QUITTES, TU NE SERAS PLUS RIEN !
PLUS PERSONNE TE SAUTERA !
T'ENTENDS !!!

CLIC
C'est ma faute.
Je n'aurais pas dû le provoquer.
AÏE!
Je l'ai bien cherché!

RRR... zZz... RRR... zZz...
RRR... zZz...

Vendredi 08 Septembre, 07H30

PFFF !
VLAM !
ALLEZ, MA PUCE...
... ON VA DÉJEUNER.

EH MERDE ...
CHIOTTE !
MAMAN ! TU VIENS !

MAMAN T'AIME FORT FORT FORT !
MOI AUSSI, JE T'AIME !
AÏE !
CHUT ! IL FAUT PAS FAIRE DE BRUIT !
OUI, BONJOUR, C'EST MADAME LEBLON, JE VOUS APPELLE POUR VOUS DIRE QUE LA PETITE NE VIENDRA PAS À L'ÉCOLE AUJOURD'HUI, ELLE A DE LA FIÈVRE.
D'ACCORD. À LUNDI !

♩ MUT !
TU JOUES AVEC MOI DANS MA CHAMBRE ?
ALORS, TU VEUX JOUER À QUOI ?
j'ai encore menti.

tu es ce que j'ai de plus cher au monde.
sans toi, je ne sais pas si j'aurai la force d'aller plus loin.

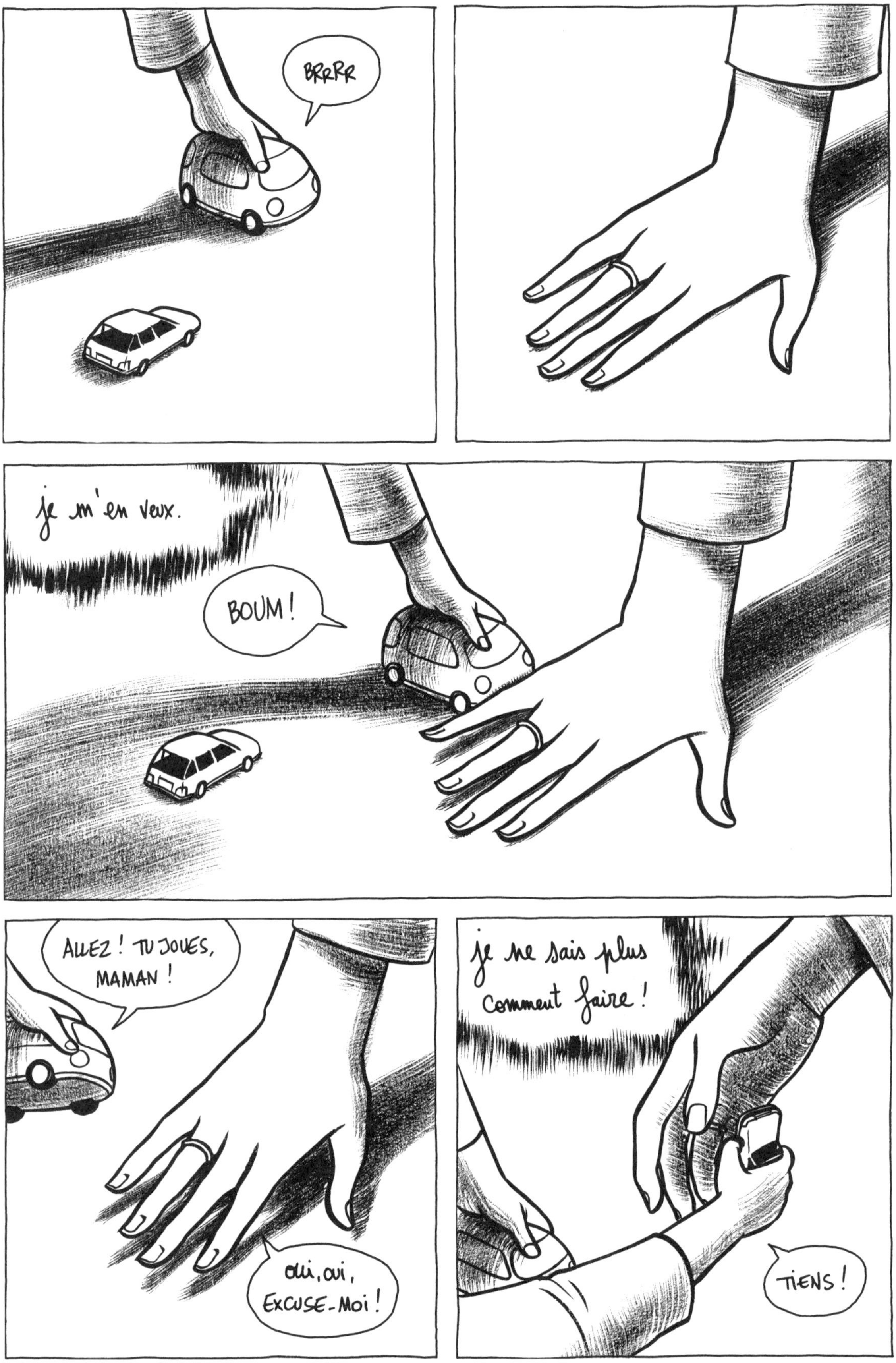
BRRRR
je m'en veux.
BOUM !
ALLEZ ! TU JOUES, MAMAN !
oui, oui, EXCUSE-MOI !
je ne sais plus comment faire !
TIENS !

le quitter ?
pour quoi ?
pour où ?
et si je suis obligée de revenir ?

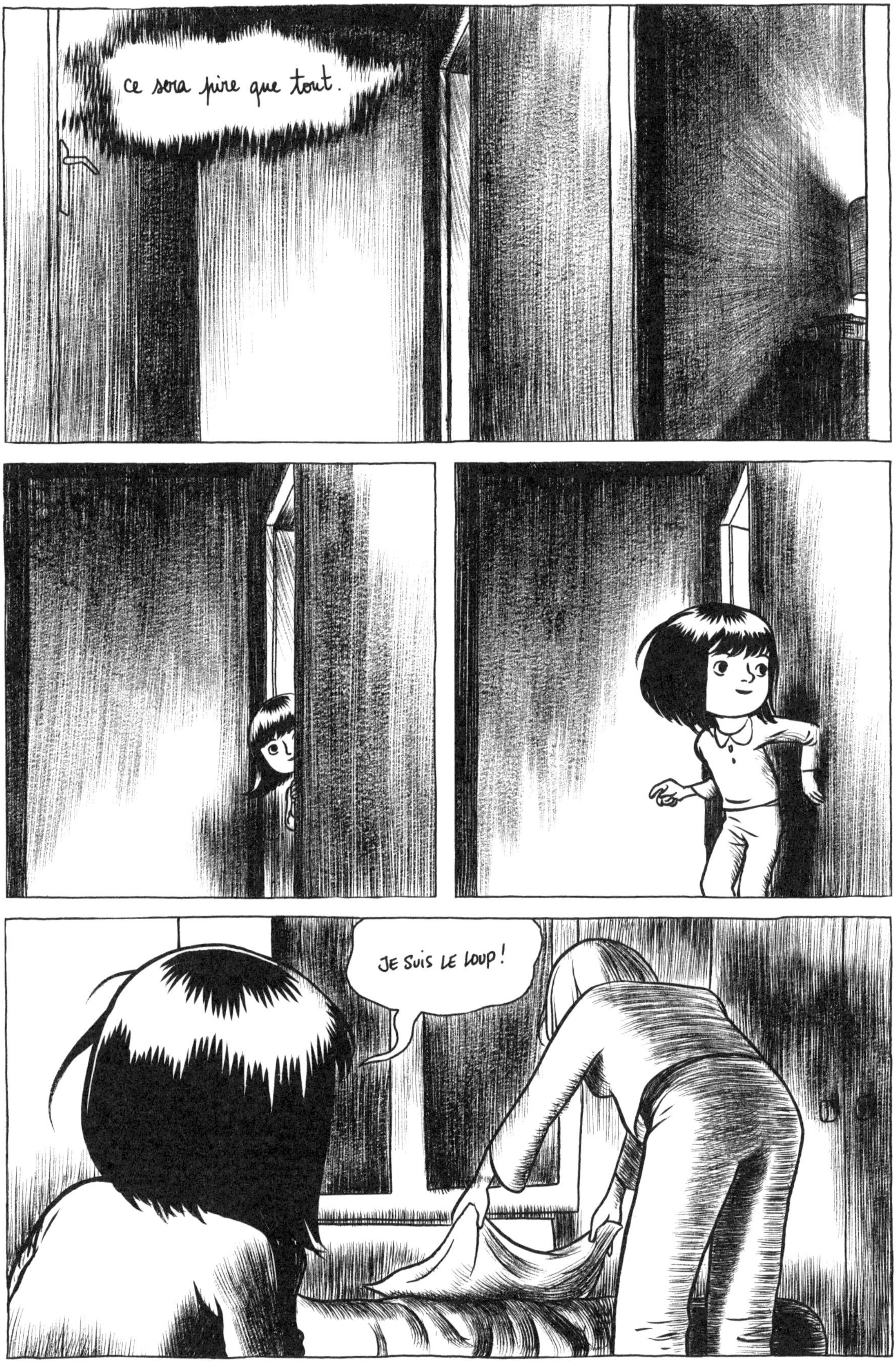
ce sera pire que tout.
JE SUIS LE LOUP !

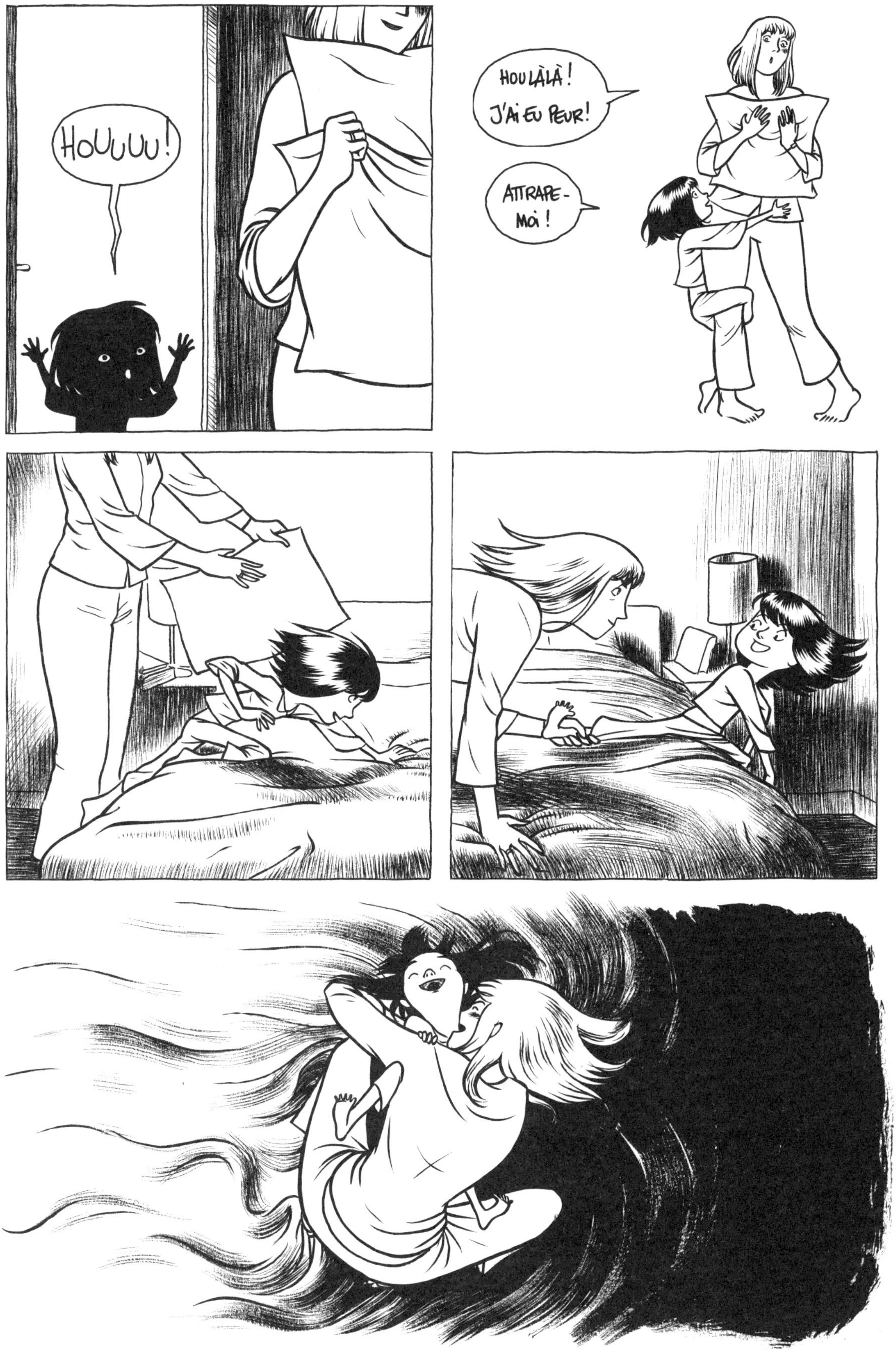
HOUUUU !
HOULÀLÀ ! J'AI EU PEUR !
ATTRAPE-MOI !

HiHiHiHiiii MAMAN ! PiPiii ! HiHiHiHiiii !
TU VAS PAS FAIRE PiPi SUR LE LiT DE PAPA ?!
HiHiHi ! Si !
ALLEZ, ViTE AVANT QU'iL Y AiT UNE CATASTROPHE !
HiHiHi
APRÈS, JE PEUX VOiR WiNNiE ?

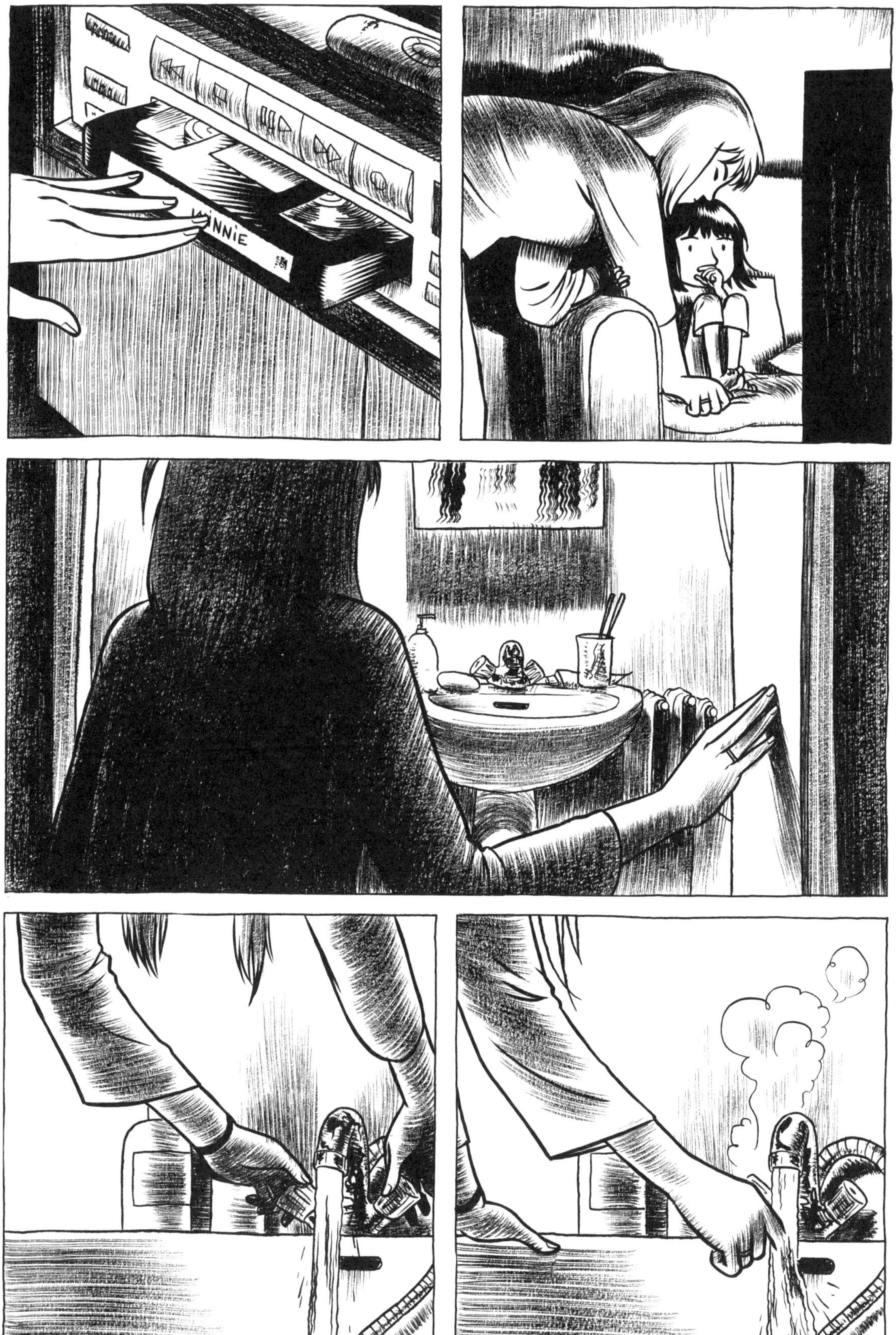
WINNIE

LÈVE-TOI !!
DEBOUT !!
T'ENTENDS CE QUE J'TE DIS ??!

TU NE ME RÉPONDS PAS !
JE VAIS TE FAIRE COMPRENDRE.

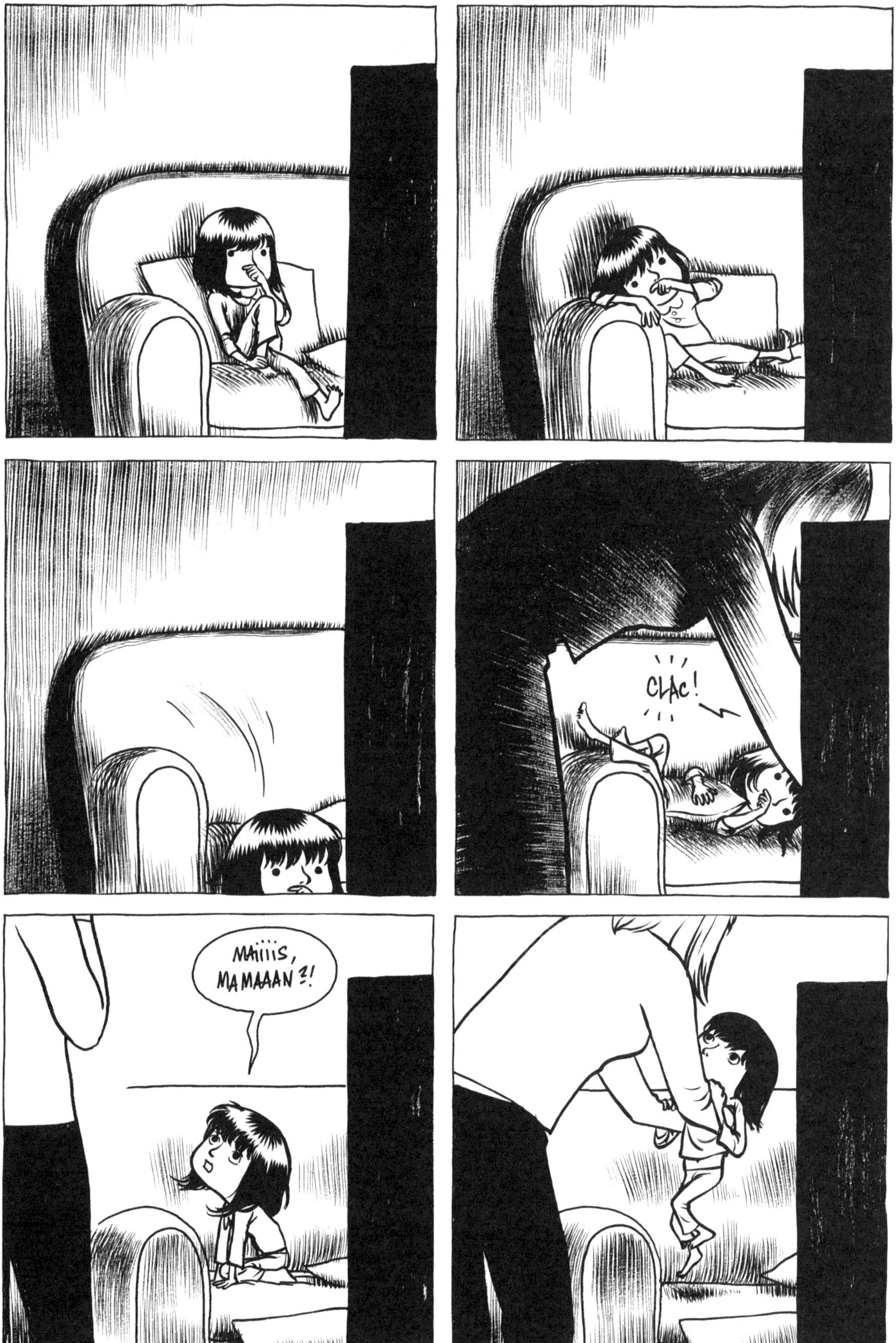
CLAC !
MAiiiis, MAMAAAN ?!

si je ne le fais pas pour moi...

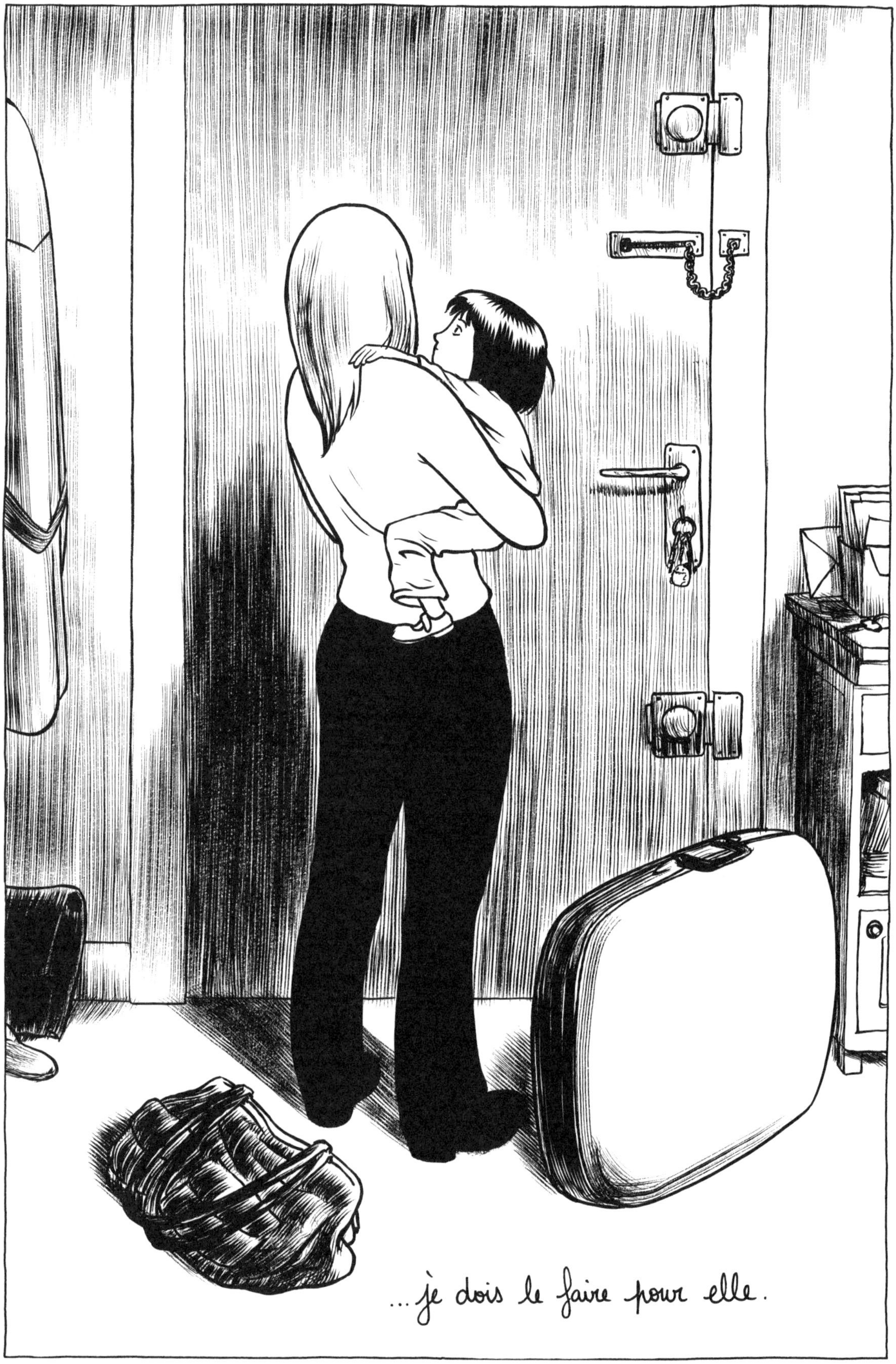
... je dois le faire pour elle.

Vendredi 08 Septembre, 19H45

MERDE...
ET PILLET, QU'EST-CE QU'IL A DIT ?
TU LE CONNAIS, DÈS QU'IL FAUT PRENDRE PARTI, Y'A PLUS PERSONNE !
BONSOIR!
BONSOIR, VOUS ALLEZ BIEN?
BONSOIR. ÇA VA, MERCI.

BIEN JOLIE VOISINE !
OUAIS, MAIS JE M'Y FROTTERAI PAS.
C'EST BIEN CALME, CHEZ TOI !
HMMM... T'ES BIEN LE SEUL À LE DIRE !
UNE BIÈRE, ÇA TE VA ?
WHY NOT !
PSCHHH !
ELLES SONT PAS LÀ, TES FILLES ?
CLING !
VAS-Y, POSE-TOI, JE VAIS VOIR CE QU'ELLES FOUTENT.

PAPA !

QU'EST-CE QUE VOUS FOUTEZ DANS LE NOIR? JE VOUS AI APPELÉES !
ON N'A PAS ENTENDU.
Y'A FRANCK AVEC MOI, IL EST DANS LA CUISINE.
J'ARRIVE.
SALUT, FRANCK !
TIENS, VOILÀ LA PLUS BELLE !
NON ! C'EST MOI LA PLUS BELLE !

MAIS ? QU'EST-CE QUE J'AI SUR LES GENOUX ?
COMMENT TU VAS ?
ÇA VA...
ÇA VOUS DÉRANGE PAS SI JE FAIS MANGER LA PETITE MAINTENANT ?
POURQUOI ? ÇA MANGE, UN TRUC COMME ÇA ?
T'EN REPRENDS UNE ?
OUAIS, POURQUOI PAS !

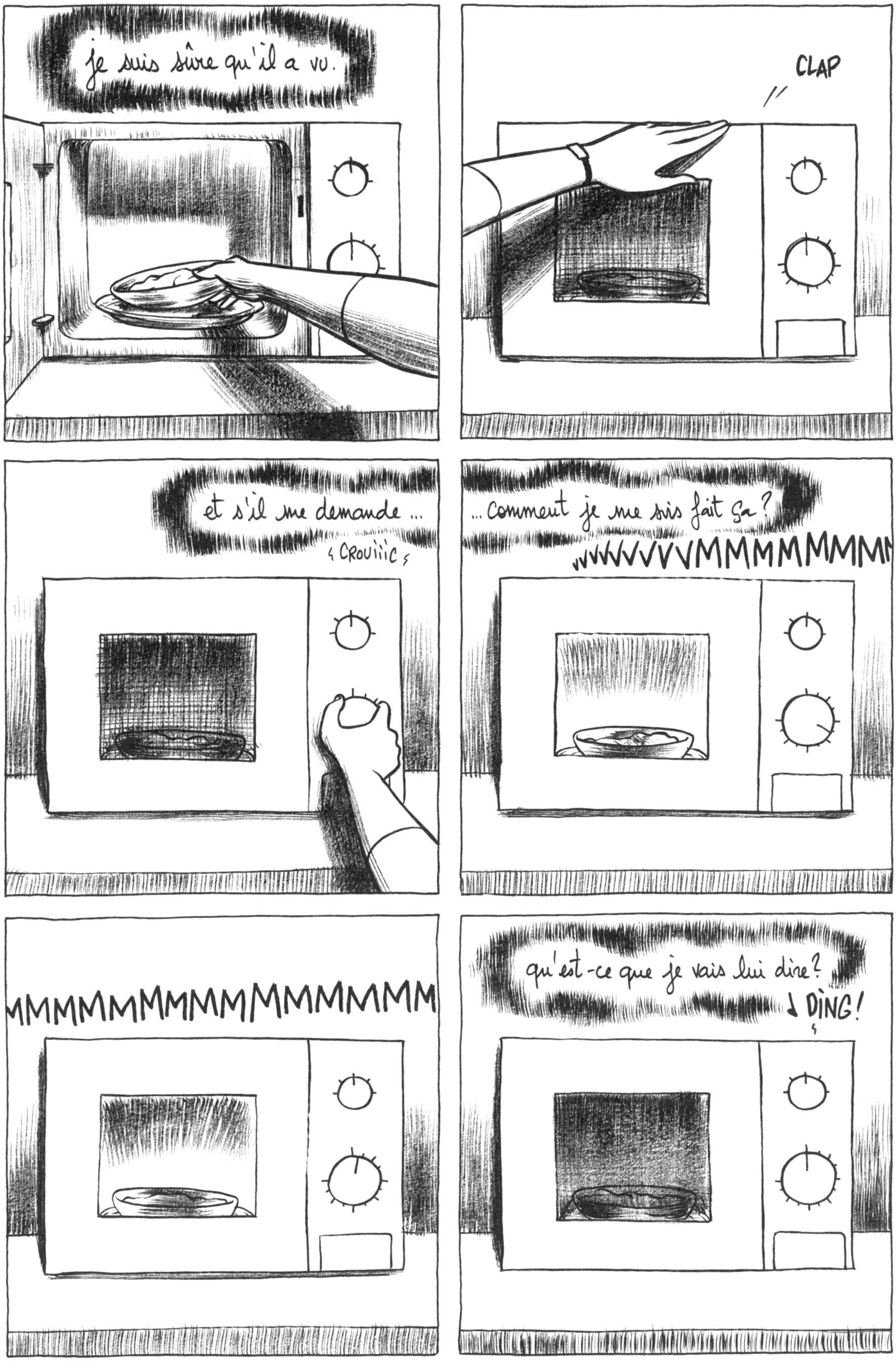
je suis sûre qu'il a vu.
CLAP
et s'il me demande ...
CROUIIIC
... comment je me suis fait ça?
vVVVVVVVVMMMMMMMM
MMMMMMMMMMMMMMMM
qu'est-ce que je vais lui dire?
DING!

VOUS PARTEZ EN VACANCES CETTE ANNÉE ?
NON. ET TOI?
ON VA CHEZ LA BELLE-MÈRE. ELLE A UNE MAISON À PORNIC.
qu'est-ce que je vais pouvoir raconter?
BOUUU ! CHEZ LA BELLE-DOF... BEURK ! JE DOIS SUPPORTER SA FILLE TOUTE L'ANNÉE, ALORS SI EN PLUS JE DOIS ME COLTINER SA MÈRE PENDANT LES VACANCES...
HAHAHA ! T'ES CON !
ALLEZ ! FINIS TA BIÈRE, JE T'EN OUVRE UNE AUTRE.
il ne va rien dire ...
il s'en fout.

ALLEZ, EMBRASSE TOUT LE MONDE, C'EST L'HEURE D'ALLER AU LIT.
C'EST PAPA QUI ME COUCHE, ET TU VIENDRAS ME FAIRE UN BISOU.
CLING!

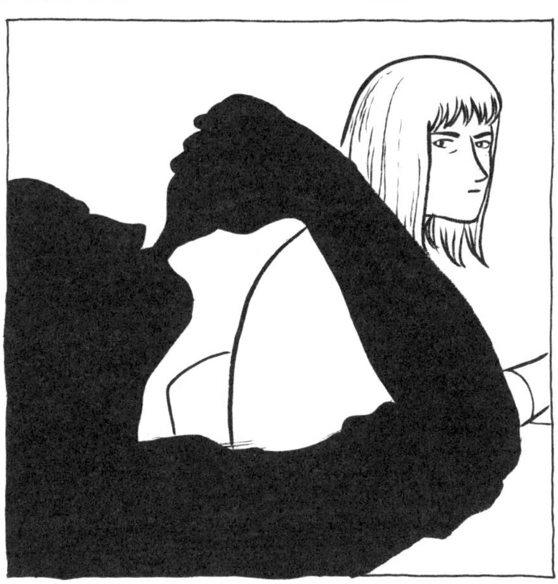

OK! ON DÉCOLLE.
POC!

il ne dira rien...

ELLE T'ATTEND.
T'EN REPRENDS UNE ?
HOLÀ ! J'AI MÊME PAS FINI CELLE-LÀ ...
J'T'AI CONNU PLUS EN FORME. TU TE FAIS VIEUX !
ALLEZ, BALANCE, JE VAIS PAS TE LAISSER BOIRE TOUT SEUL !
ALLEZ, BONNE NUIT !
FAIS DE BEAUX RÊVES, MAMAN !
OUI. FAIS DE BEAUX RÊVES, MA GRANDE.

C'EST BIEN CE QUE JE DISAIS, TU VIEILLIS. ON DIRAIT LE SIMON !
KOF KOF
PAC
PUNAISE, T'ES DÉGUEULASSE DE ME COMPARER À GROS SIMON ! JE FAIS PAS ENCORE 120 KILOS !
OH ! TU DOIS PAS EN ÊTRE LOIN !
BOF, À ENVIRON 40 KILOS, T'ES PAS TRÈS LOIN.

Allez...
HAHAHA! T'AURAIS DÛ VOIR SA TÊTE!
HAHAHA! J'IMAGINE!

HAHAHA ! LE GROS SIMON ! MAIS C'QUE T'ES CON !
OH ! PRÉPARE-NOUS UN TRUC, FRANCK RESTE MANGER ICI.
merde !
NON NON ! FAUT QUE JE FILE !
SI JE ME SOUVIENS BIEN, T'ES CÉLIBATAIRE, CE SOIR... ALORS Y'A PERSONNE QUI T'ATTEND À LA MAISON. EN PLUS, AVEC L'ALCOOL QUE T'AS DANS LE SANG, FAUT QUE TU MANGES QUELQUE CHOSE !
j'ai plus rien dans le frigo !
BON, BEN OK, ALORS.

TIENS, ET T'AS DES NOUVELLES DE DUDU ?
PFF, DEPUIS QU'IL EST PARTI À LA RETRAITE, IL A PAS REPOINTÉ SON NEZ. MAIS BON, QU'EST-CE QUE TU FERAIS À SA PLACE ?
BEN OUAIS, SURTOUT QU'IL A TOUCHÉ LA CAGNOTTE !
TU M'ÉTONNES, IL ÉTAIT À LA BOÎTE DEPUIS SES 16 ANS !
Chié !
DES CRÊPES, ÇA VOUS VA ?
GÉNIAL ! C'EST CE GENRE DE TRUC QUE JE PENSE JAMAIS À FAIRE !

BEN TU VOIS, UNE BONNE FEMME, ÇA SERT AU MOINS À ÇA !
HAHAHA !
BLENG !
BON ...
... T'EN PRENDS UNE AUTRE ?

mettez la farine dans un saladier.
WOW! LAISSE-MOI RESPIRER ENTRE DEUX GORGÉES!
faites un creux au centre.
déposez-y le sel, les oeufs, puis remuez ...
ne pas les écouter
... en amalgamant petit à petit la farine et les oeufs.
quand toute la farine est bien mélangée, ne pas les écouter, ajoutez un peu de lait, ne pas les écouter.
battez bien à la fourchette, ne pas les écouter, jusqu'à ce que la pâte coule en ruban, ne pas les écouter, quand vous levez la fourchette.

ne pas les écouter.
s'isoler.
surtout...
... s'isoler.
ne plus rien entendre...

PUTAIN, MAIS C'EST DÉGUEULASSE !
TU PARLES ! T'AS MÊME PAS MIS DE SUCRE !
MÊME PAS FOUTUE DE FAIRE DES CRÊPES !
PT !

QU'EST-CE QUE TU FOUS ? TU VEUX PASSER LE RESTE DE LA SOIRÉE DANS LA CUISINE ?

TU NOUS FAIS UN CAFÉ ?
parce que j'ai le choix ?

BEN VAS-Y, TE GÊNE PAS ! MATE LE CUL DE MA FEMME !

OH! OH! TE SENS PAS GÊNÉ!
DE TOUTE FAÇON, MOI J'Y VAIS PLUS, TU PEUX Y ALLER!
C'EST COMME SES CRÊPES:
DÉGUEULASSE!
MAIS BON, JE PEUX COMPRENDRE QUE TU AIMES SES CRÊPES.

OH ! C'EST BON ! ÇA SUFFIT, MAINTENANT !
JE SAIS PAS CE QUE TU CHERCHES, MAIS TU M'AMUSES PAS À CE PETIT JEU-LÀ AVEC MOI !
EH ! MAIS JE BLAGUAIS, FAUT PAS LE PRENDRE AU PREMIER DEGRÉ !

NON ! Y'A UN MOMENT OÙ ON N'EST PLUS DANS L'HUMOUR !

OK! MAIS...
Y'A PAS DE "MAIS"!
C'EST LA PREMIÈRE FOIS QUE JE TE VOIS COMME ÇA!
qu'est-ce que j'ai fait?

VOUS AVEZ BESOIN D'AUTRE CHOSE ?
NON, ÇA VA, JE TE REMERCIE.

voilà...
faire comme s'il ne s'était rien passé...
de toute façon, c'est pas important...
TU PEUX PRENDRE LE LIT.

PARDON ?
JE VIENS DE DIRE QUE TU POUVAIS DORMIR DANS LE LIT.
ET TOI ?
ON SORT BOUFFER AVEC FRANCK, JE DORMIRAI SUR LE CANAPÉ.
T'ES SÛR QUE ÇA TE DÉRANGE PAS ?
PUISQUE JE TE LE DIS !
MERCI

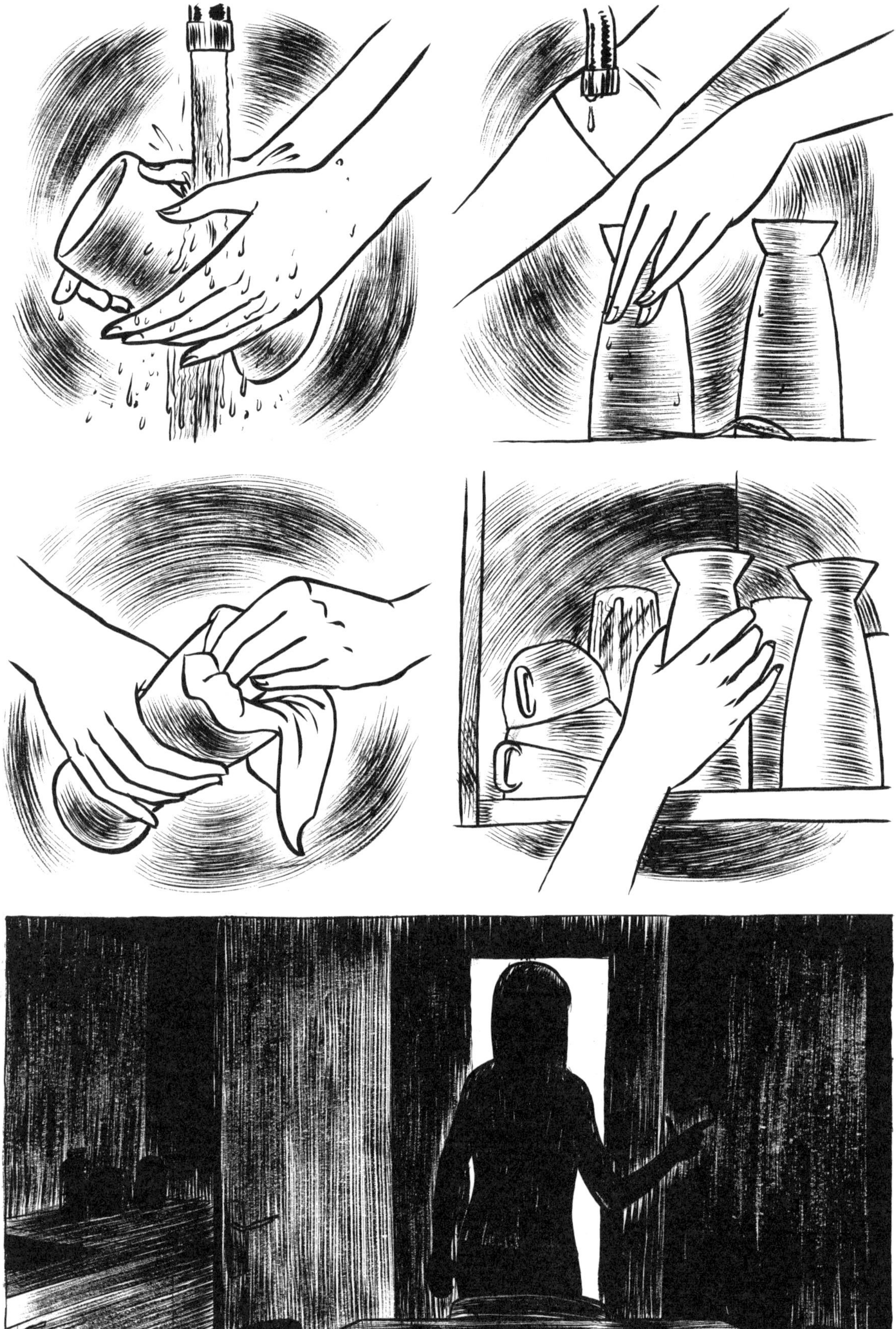

JE VAIS ME COUCHER.
DÉSOLÉE DE VOUS ABANDONNER COMME ÇA, MAIS JE TIENS PLUS.

BON BEN EMBRASSE LA PETITE POUR MOI.
BONNE SOIRÉE.

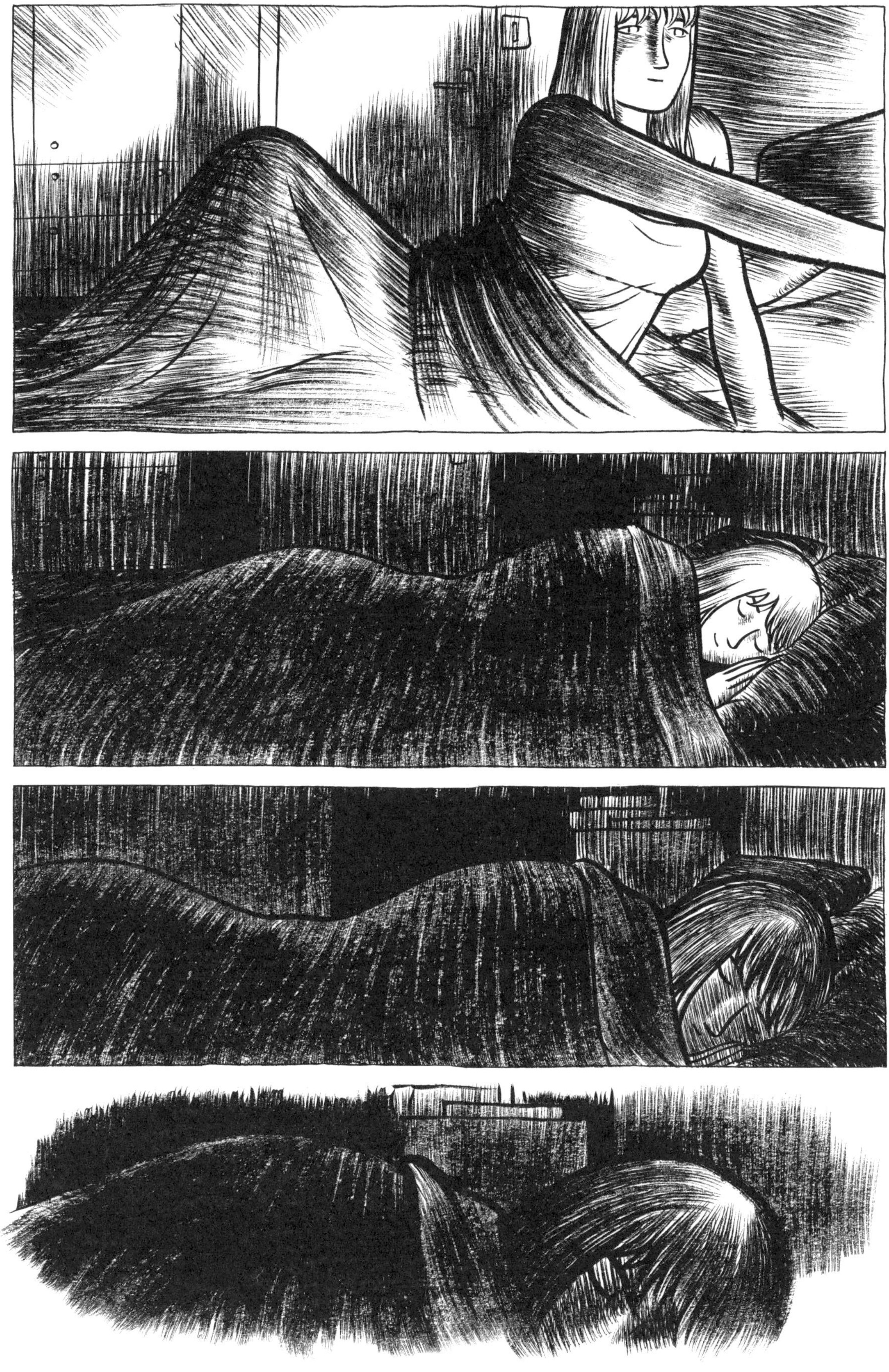

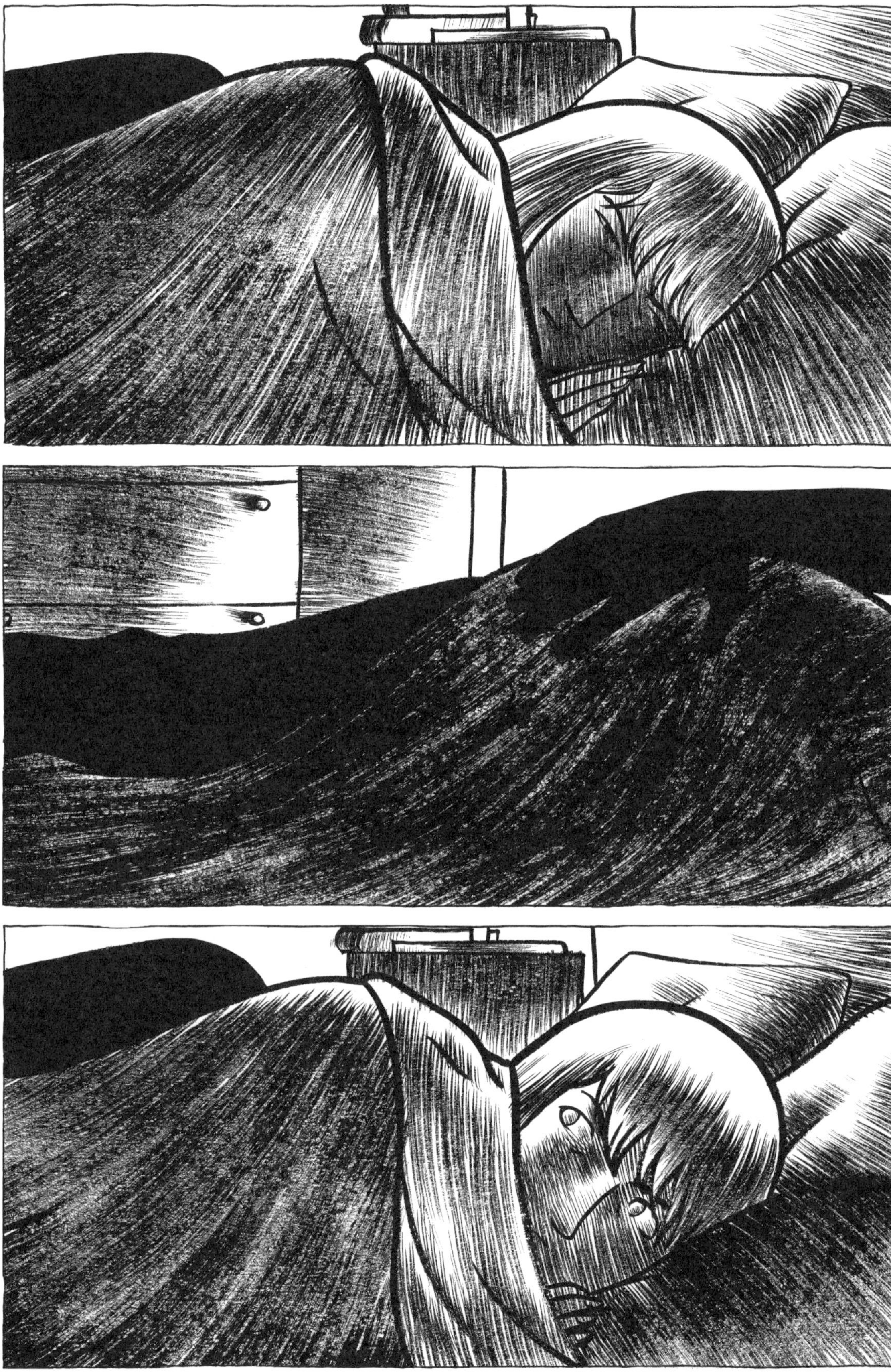

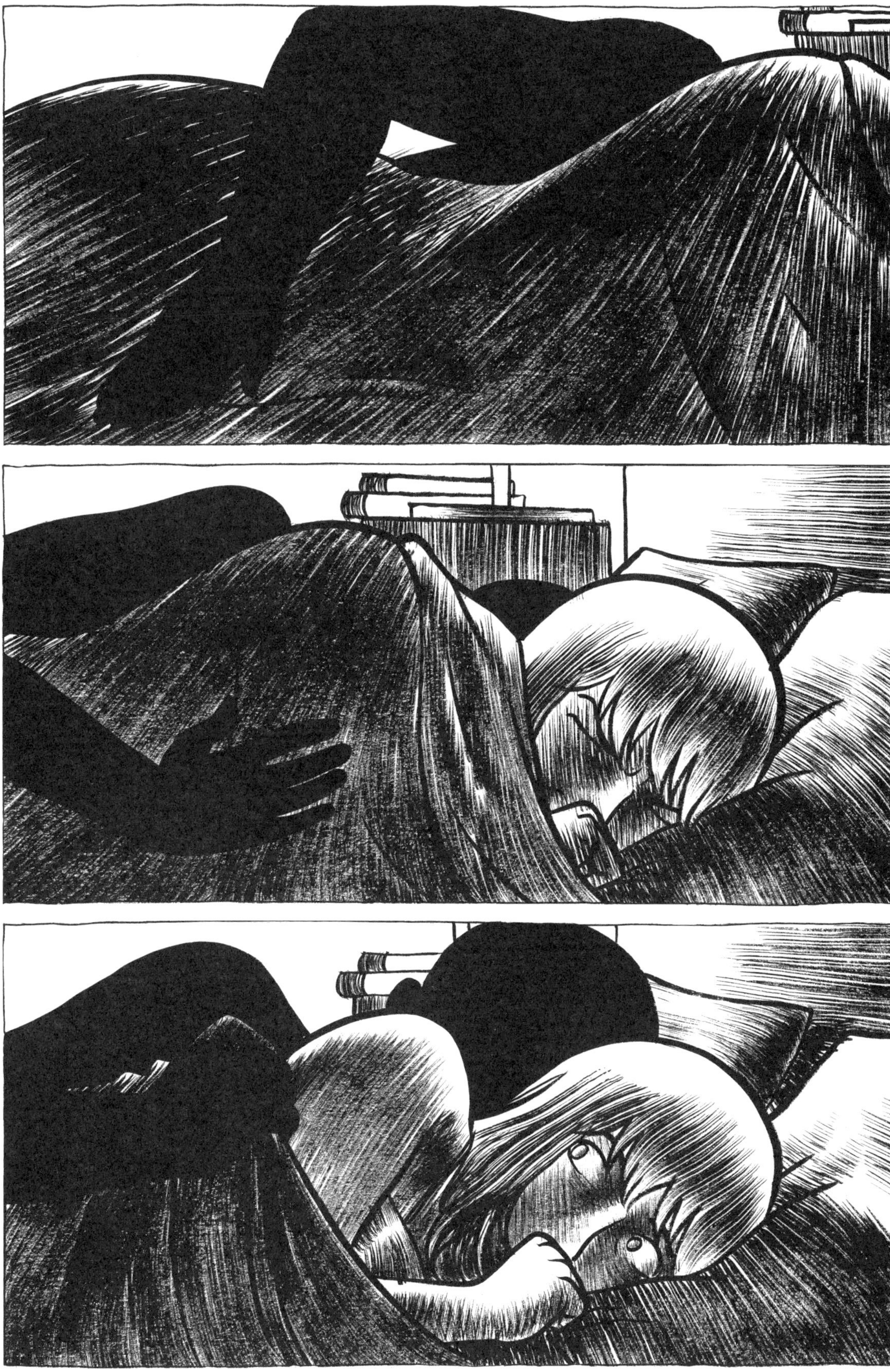

ARRÊTE !!

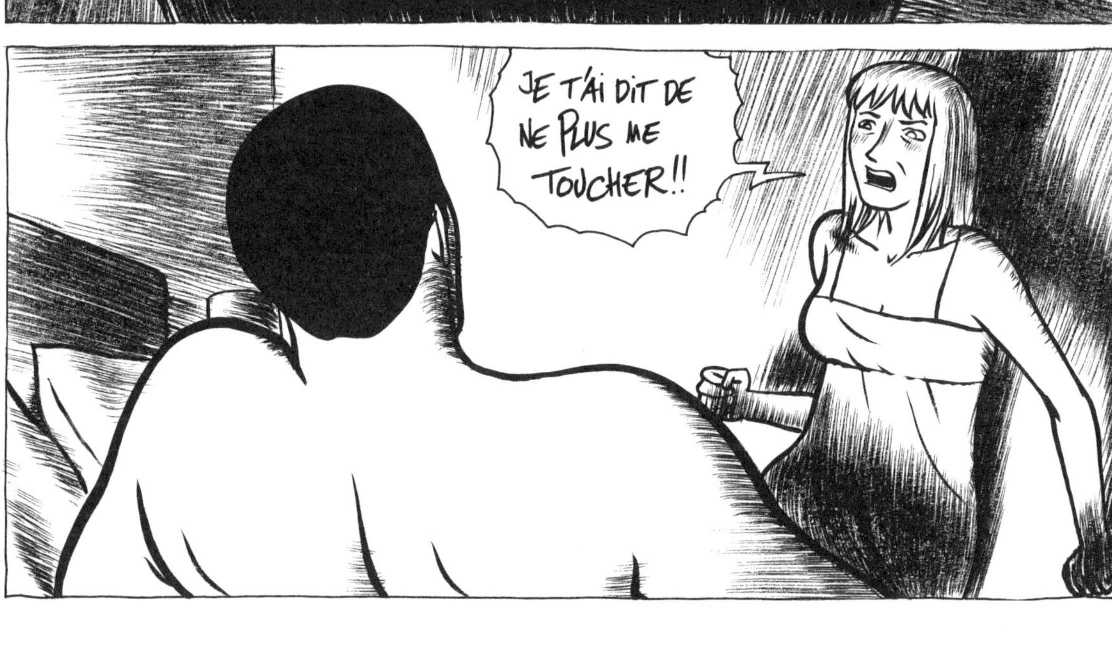
JE T'AI DIT DE NE PLUS ME TOUCHER !!

Quoi ?
QU'EST-CE QUE TU RACONTES ?
ATTENDS... JE CROIS QUE J'AI PAS BIEN ENTENDU...
TU VAS VOIR, SALE PUTE !!

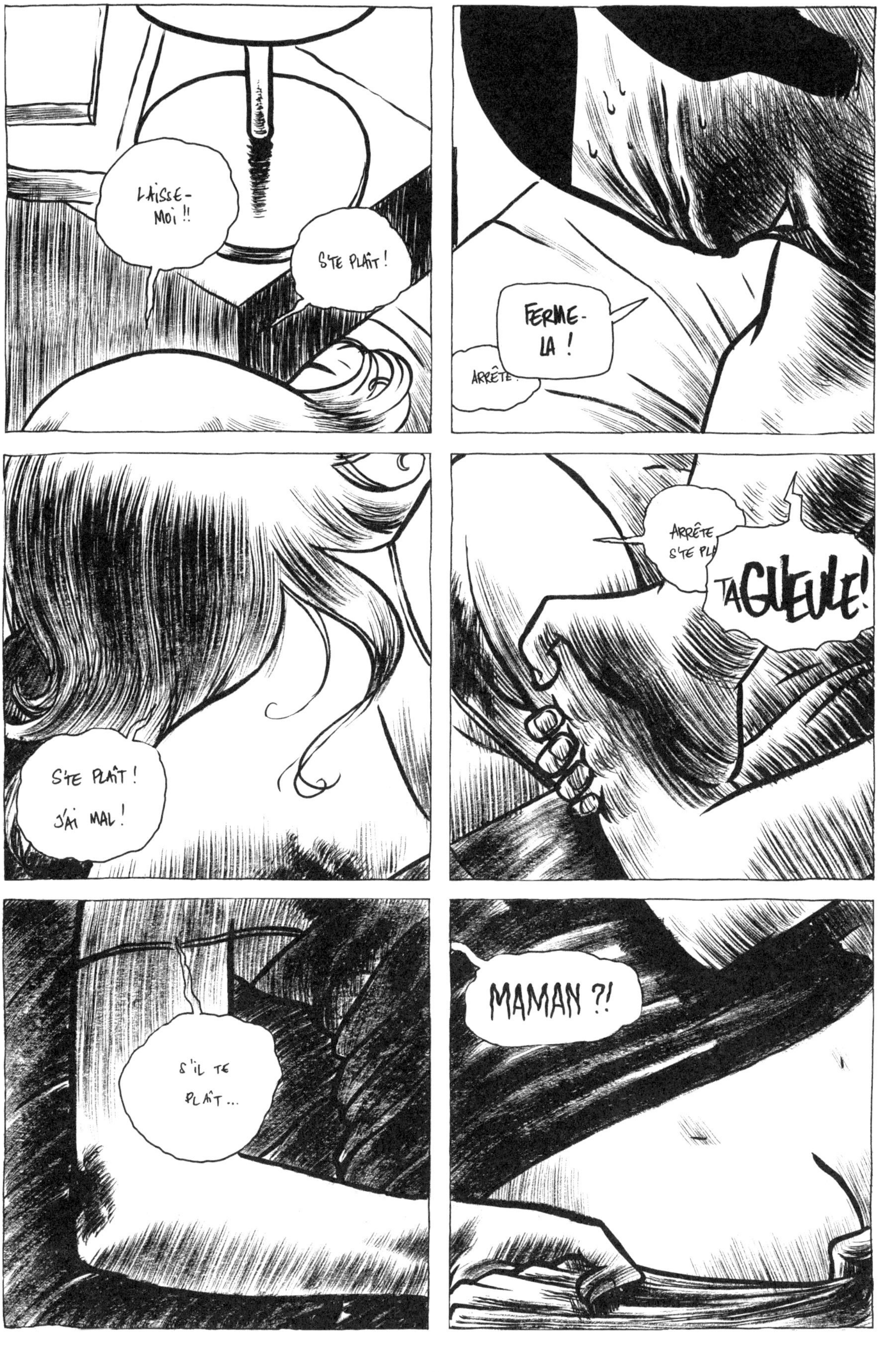
LAISSE-MOI !!
S'TE PLAÎT !
FERME-LA !
ARRÊTE
S'TE PLAÎT ! J'AI MAL !
ARRÊTE S'TE PL
TA GUEULE !
S'IL TE PLAÎT...
MAMAN ?!

MAMAAN!
MAMAAAN!
JE T'EN PRIE, LAISSE-MOI ALLER LA VOIR!
JE SERAI GENTILLE APRÈS!
PROMIS!
FERME-LA J'TE DIS!
VOUS ME FAITES CHIER!!

MAMAAN!
MA
MAN!!

Samedi 09 septembre, 08H20

NON.
C'ÉTAIT QUOI ?
PFFF...
LE BÂTIMENT POURRAIT S'EFFONDRER QUE TU DORMIRAIS ENCORE !
SI TU LE DIS...
BON, JE CROIS QUE JE VAIS TE LAISSER TE RÉVEILLER ...
...PARCE QUE LÀ ...
OUAIS.

MERDE !
VIENS VOIR !
QU'EST-CE QUI SE PASSE ?
L'IMMEUBLE S'EST EFFONDRÉ ?
VIENS VITE ! JE DÉCONNE PAS !
?
MERDE !
JE SAVAIS BIEN QUE J'AVAIS ENTENDU QUELQUE CHOSE !

POLICE
ICE

HMM, C'EST PAS BEAU...
UNE SALE HISTOIRE, ENCORE.
VOILÀ LA GAMINE !

ALLEZ, VIENS ME VOIR, MA GRANDE.

ON VA S'OCCUPER DE TOI EN ATTENDANT QUE TES GRANDS-PARENTS ARRIVENT.
MOI, C'EST MATHILDE. ET TOI, COMMENT TU T'APPELLES ?
INÈS.

Des mêmes auteurs

Aux éditions LES ENFANTS ROUGES

CE QU'IL EN RESTE

NOUS N'IRONS PLUS ENSEMBLE AU CANAL SAINT-MARTIN
avec Sibylline, Capucine & François

De Jérome D'Aviau

Aux éditions GLÉNAT

ANGE LE TERRRRIBLE
(sous le pseudonyme Poipoi)

Aux éditions DELCOURT

PREMIÈRES FOIS
collectif, scénario de Sibylline

Aux éditions CHARRETTE

DOMINIQUE A
collectif, illustration de la chanson « Music Hall »

De Loïc Dauvillier

Aux éditions LES ENFANTS ROUGES

LA BOUCHERIE
avec Thibault Poursin

Aux éditions SIX PIEDS SOUS TERRE

COMMENT JE ME SUIS FAIT SUICIDER
avec Sébastien Vassant

MAMÉ
avec Deborah Pinto

Aux éditions L'ABSENCE

PASSAGES
avec Thibault Poursin

MALEVITCH, MON AMI
avec Thibault Poursin

Aux éditions DELCOURT

OLIVIER TWIST
(3 volumes) avec Olivier Deloye, Isabelle Merlet et Jean Jacques Rouger

LE TOUR DU MONDE EN 80 JOURS
(2 volumes) avec Aude Soleilhac

Bibliographie complète disponible sur le site www.loicdauvillier.com
Blog : http://loicdauvillier.over-blog.com